WÜSTES CHAOS

Geschrieben, um einem Gedanken in seine Welt zu folgen.

Geschrieben für mich,
Geschrieben wegen anderen.

Danke an alle, die mich dazu gebracht haben diese Geschichten zu schreiben.

Hendrik Kosmol

Wüstes Chaos

Kurzgeschichten und Gedichte

Bibliografische Information der Deutschen
Nationalbibliothek
Die Deutsche Nationalbibliothek verzeichnet diese
Publikation in der Deutschen Nationalbibliografie;
detaillierte Informationen sind im Internet über
http://dnb.d-nb.de abrufbar.

©2008 Hendrik Kosmol
Herstellung und Verlag: Books on Demand GmbH,
Norderstedt
ISBN: 978-3-8370-7158-0

Inhaltsangabe

Teil 1: Kurzgeschichten
Alltägliches und nicht ganz so Alltägliches

DER KLAVIERSPIELER

Prolog, die Tragödie:

In einem Haus, fern von jeder Menschenseele, da lebte ein Mann, der das Leben nie leben konnte, der stets im Käfig seines Körpers gefangen war. Dieser Mann war Klavierspieler, einer der besten die man seit langem gesehen hatte, und doch gequält von allem, was er erschuf. Nun bereitete er sich vor auf seine letzte Vorführung, ohne Zuhörer und ohne Kritik, dies waren seine letzten Grüße an die Welt der Lebenden. Ihm schoss ein Gedanke durch den Kopf: Ein Elend war dies elend Leben, das ihn gestraft hatte bis zur letzten Stunde. Er, groß, schlank, schwarzhaarig und rotäugig ob des Tränenmeers, das er vergossen hatte, ging zu seinem Flügel, um das Requiem eines Menschen zu spielen, den das Leben verachtet hatte und nun Ruhe sucht in der Vergessenheit. Er würde ein letztes Mal auf seinem Orgel spielen, und danach verschwinden. Die Notenblätter hervorholend, begann er mit seiner eigenen Totenmesse, für sich selbst, ohne Trauergäste, denn niemand war da, der ihn mochte als Person, nur seine Fähigkeiten am Flügel waren gewünscht. Er legte los mit seinem liebsten Stück, der Toccata in d moll von Johann Sebastian Bach. Beim Spielen sah er die Träume seines Lebens noch einmal so eindringlich vor sich, wie sie ihm nie gekommen waren. Seine Träume, die er nie anderen Menschen hatte begreiflich machen können, die Tragödien seiner Traumwelt, die Konstrukte seiner Fantasie. Oder war es real, und er bildete sich nur ein es waren Träume? Er konnte diese Frage nicht beantworten, er lebte nun nur noch für das letzte Durchleben seiner Fantasien. Die erste Traumwelt, die er betrat, war sein

Traum über Liebe, über das, was einen Menschen im Guten wie im Bösen antreibt und zu Höchstleistungen motiviert. Er wechselte zur Mondscheinsonate, denn es war ihm, als ob der Traum klarer und klarer würde, je mehr er von ihr spielte. In die Fantasie versinkend, verlor er das Gefühl für alles, was um ihn herum war, aber das war ihm nicht mehr wichtig. Nach kurzer Zeit fühlte er nur noch den Traum…

Traum 1, die Liebe:

Er las einen Brief, einen Brief, der von ihm selbst stammte, aber nie geschrieben wurde, denn der Brief existierte nur in seinen Gedanken. So las er den Brief, in nachdenklichem Schlummer, und war bald nur noch Auge. Ein Auge, das über einen grauen Text huschte, der aus dem Auge selbst zu kommen schien, während der Traumraum erfüllt war von der Melancholie der Mondscheinsonate, die im Brief selbst entstanden schien.

Alles hat einen Anfang. So auch diese Geschichte, die ich, Jean Paul Marquis de Désespoir, in Erwartung meines baldigen Todes schreibe. Nun wird man sich fragen, warum werde ich sterben? Und warum weiss ich davon? Doch diese und noch viel mehr Fragen wird der geneigte Leser selbst beantworten müssen, denn meine Zeit ist knapp bemessen. So beginne ich am besten bei dem ersten Vorfall, oder nein, ich beginne zwei Tage vor ihm mit diesem Bericht. An jenem Tag sah ich Sie zum ersten Mal. In einem Park, auf meinem Spaziergang vor Arbeitsbeginn. Sie, blond, mittelgroß und blauäugig, die mein Leben verändern würde wie kein anderer Mensch zuvor. Nie zuvor sah ich jemanden, der meinen Blick so stark bannte, der mich so sehr fesselte und zugleich jede Handlung meinerseits ad absurdum führte, denn alles was mir einfiel um sie auf mich aufmerksam zu machen verwarf ich sofort wieder, meine Ideen allesamt als nicht gut genug bewertend. Das erste, was einem bei diesen Worten einfällt, ist am besten umschrieben mit den Worten naître á l'amour, zur Liebe erwachen. Es mag sein, das dieses meine Gefühllage trifft, aber auch diese Worte sind nicht genug um zu beschreiben, was ich fühle. Natürlich war ich schon vorher verliebt gewesen, doch der Begriff verliebt zeigt nicht all jene Verwicklungen in meinem Inneren, die wie von selbst begannen, sobald ich sie sah. Den Rest dieses Tages verbrachte ich mit Träumereien über ein Leben mit dieser Frau, die ich nicht kannte und wahrscheinlich auch nie kennenlernen würde. Meine Gedanken schweiften stets von meiner Arbeit in der Klinik als Neuropathologe ab, beinahe hätte ich sogar einen folgenschweren Fehler begangen. Als ich in meiner 1-Zimmer Wohnung ankam, konnte ich nichts besseres tun als immerfort über die Frau nachzudenken, wie ich sie wieder sehen könnte, wie sie heisse und vor allem, was so besonderes an ihr sei. Selbst in meinen Träumen verfolgten mich ihre Augen, die mich nie ansahen und doch auf mich zu starren schienen wie die Augen der Mona Lisa, die einem Menschen im Raum folgen und sich doch nie bewegen. Bei meinem Erwachen stellte ich genau zwei Dinge fest: Zuerst, dass diese meine Gefühle ernst waren, und zweitens, dass nur das Kennenlernen dieser Frau mir als wichtiges Ziel erschien, alles was davor mein Schaffen bestimmt hatte war null und nichtig geworden angesichts dieser Explosion von Emotionen in mir. Nicht immer hatte ich ein derart klares Ziel, nicht immer wollte ich eines. Während meines Studiums begegnete ich einmal einem Mann, der zu mir nur sagte: „Das Leben ist kurz, warum

sollte man es mit vollem Herzen beenden wollen?"
Damals begriff ich die volle Tragweite dieses Satzes noch
nicht, doch heute ist mir einiges mehr verständlich, was
zu diesem Zeitpunkt noch ungedacht war. Diesem Satz
maß ich deswegen auch keinerlei Bedeutung zu, was mir
jetzt wie die Sorgenfreiheit des Kleinkindes erscheint.
Der Tag selbst hatte nichts Besonderes an sich, ausser
das es mir immer noch nicht gelang, über längere Zeit an
andere Dinge zu denken als diese Frau. Erst am
darauffolgenden Arbeitstag in der Klinik warf sich dieser
Satz mit voller Wucht und ohne Rücksicht in mein
Gehirn, ausgelöst durch das schlimmstmögliche, was
einem Verliebten passieren kann: Ich sah die Frau, wie
sie tot auf einem Bett lag. Mit einem Gesicht, weiß wie
Marmor und mit Lippen, rot wie Mohnblumen. Nichts
hätte mich tiefer erschüttern können, als die Gewissheit,
diese Augen niemals lachen zu sehen, dieses Gesicht nie
Freude ausstrahlend zu erblicken und diesen Körper
niemals in meinen Händen halten zu können. Nicht
einmal Ablehnung würde sie mir nun entgegen bringen
können, und doch war ihr Tod fast so etwas wie die
ultimative Ablehnung, nicht nur meiner Person, sondern
auch des Lebens mit irgendeinem Menschen. Ich erfuhr
von einer Krankenschwester, dass die Frau, die Farina
hiess, schon am Tag meiner Begegnung mit ihr hierhin
gebracht worden war, sie jedoch in den frühen
Morgenstunden an einer unbekannten Ursache gestorben
war. Ihren Anblick ertrug ich nicht länger, und so
flüchtete ich mich regelrecht in die Arbeit an diesem Tag,
nur um an ihrem Ende noch leerer zu sein, leer von
Gefühl, leer von Wahrnehmung und leer von Interesse.
Das einzige, das ich wissen wollte, worauf ich von nun
an meine Aufmerksamkeit konzentrierte, war,

10

herauszufinden, warum und woran sie starb. Noch am selben Abend bekam ich den ersten Hinweis: Ein Gerichtsmediziner, ein alter Freund und ehemaliger Studienkollege, hatte bei der Untersuchung ihrer Leiche herausgefunden, dass sie kurz vor ihrem Tod sowohl Schlaftabletten als auch Alkohol zu sich genommen hatte. Sogleich vermutete ich, dass persönliche Gründe sie zu einem Selbstmord getrieben hatten. Beim Durchstöbern der Informationen über sie fiel mir auf, dass sie seit mehreren Jahren in einer Partnerschaft war, sie sogar frisch verlobt war. Diese Nachricht nahm ich auf wie man den Wetterbericht aufnimmt: Simple Tatsachen, die sich im Nachhinein als falsch erweisen können. Ihren Wohnort und ihren Verlobten notierte ich mir, ich hatte mir für den nächsten Tag freigenommen. Zuhause angekommen, begann ich nachzudenken über vieles, zuviel um es hier aufzuschreiben. Elle est parti, sie ist weg. Mit einem derartig drückenden Gedanken beendete ich den Tag, um am morgigen herauszufinden, wer sie mir genommen hat. Doch den Ort, an dem sie gewohnt haben soll, fand ich leer vor, seit mindestens 2 Jahren unbewohnt. Auch den Verlobten kannte niemand, nicht einmal das Amt kannte diesen Namen, also musste ich annehmen, dass Sie nichts angegeben hatte, was auf sie schließen ließ. Vielleicht war es ein Schutz vor irgendjemandem. Ich musste einsehen, dass ich nichts über diese Frau herausfinden würde, da sie, aus welchem Grund auch immer, nicht gewollt hatte dass man ebendieses könnte. So blieben mir nur meine eigenen düsteren Gedanken, die sich stets um den Tod drehten. Bis zum zweiten Vorfall wenige Tage später besserte sich dieses nicht, und ich tat auch nichts um diesen Zustand zu beenden. Ich versank immer mehr in mir selbst. Nur

eines beherrschte meine Gedanken: Où je vais?
N'importe où, pourvu que ce soit très loin d'ici. Wohin
ich gehe? Irgendwohin, nur weit weg von hier. Dieser
zweite Vorfall war ein ebenso hartes Ereignis für mich,
allerdings ohne irgendeinen verständlichen Grund. Als
ich einen meiner neuerdings sehr langen und weiten
Spaziergänge machte, sah ich, wie ein junger Mann auf
einer Brücke stand, bereit zum Sprung in das kalte,
schwarze Nass mehrere Meter unter uns. Bevor er diesen
Sprung machte, drehte er sich zu mir um und sagte nur
eines zu mir: „Manchmal lässt einem das Leben nicht
das Recht, zu lieben. Dann muss man darum kämpfen".
Ich konnte ihn nicht zurückhalten, ich hatte nicht einmal
Zeit für eine Antwort. Nach diesem Spaziergang dachte
ich nur noch an eines: Wie ich um die Liebe einer toten
Frau kämpfen könne. Lange Zeit wusste ich nichts mit
mir anzufangen, doch jetzt weiss ich, wonach ich suchte.
Ich werde den Ratschlag des jungen Mannes befolgen,
und ich habe herausgefunden was der Mann mit seinem
Satz meinte. Ich war Jean Paul Marquis de Désespoir.
Nur mühsam konnte er wieder vom Auge zum Menschen
werden, und noch mühsamer war es, aus diesem Traum
aufzuwachen. Er schaffte es, aber ein Teil von ihm blieb
doch hier, denn dieser Traum war er. Er durchschritt die
Schwärze zwischen Traum und Realität, doch wusste er
dabei nicht, wo Traum war, und wo Realität. Langsam
kam er zu seiner Orgel, und fand, dass seine Hände
immer noch spielten, ohne seine geistige Anwesenheit
angetrieben wie von einem Teufel. Einem Teufel, der er
selbst war, den die Menschen aus ihm gemacht hatten,
der nie etwas Teuflisches wollte und doch stets
vollbrachte. Und während er über sich, den Teufel,
nachdachte, kam der nächste Traum, ohne Übergang

begann sein Körper mit Nocturne op 27/2 von Chopin, und fiel in seine Fantasie, die ihn verschlang wie ein Wolf ein Schaf…

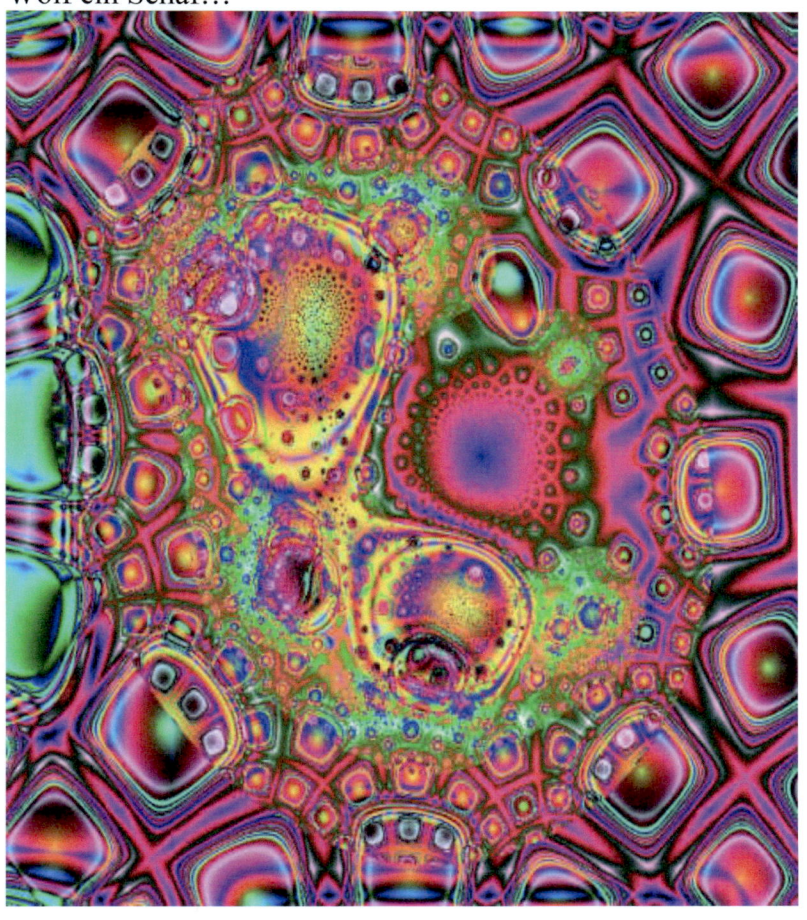

Traum 2, der Hass:

Er stieg ihm auf, der Teufel aus seinem Inneren, sein tief verborgener Feind. Sein Ich. Er versuchte energisch, aus dem Traum zu entkommen, aber es gelang ihm nicht. Erst müsste er ihn beendet haben. So betrat er widerwillig die Gedanken seines inneren Satans.

Wut, Zorn. Gefühle, denen ich mich nicht verschließen kann. Doch nichts ist auch nur annähernd so stark wie der Hass, den ich empfinde. Hass auf die Gesellschaft, die mich hasst. Hass auf die Menschen, die mir nie Liebe entgegenbringen könnten. Hass auf mich. Warum ich mich hasse? Es ist nichts an mir, das man lieben oder respektieren könnte. Ich bestehe aus Schwäche und Schwäche kann man nicht lieben. Schwäche im Angesicht des Lebens mit anderen, aber auch des Lebens ohne andere. Schwäche beim Lernen, Schwäche beim Trainieren. Nichts kann ich, und können tu ich nichts. Auch die Erbarmungslosigkeit meiner Eltern und Lehrer brachte nie etwas Gutes in mir zum Vorschein, wie manche Erwachsene annahmen, tauge ich nur zum Leben als Clochard, wie sie es nannten. Damit ich nicht verstünde, dass sie meinen, ich wäre maximal zum Penner geeignet. Es sei, wie es ist. Natürlich vergaßen sie dabei, dass sie mir, zwar ohne großen Erfolg, aber immerhin, Französisch beibrachten. J'ai été, que je suis. Auch meine angeblichen „Freunde" waren stets bedacht, mir deutlich zu zeigen, wie wenig ich wert bin. Es fing schon bei meinen Geburtstagen an. Niemand brachte ein Geschenk, nicht einmal mein bester Freund. Dass sie es dann erklären wollten durch den Spruch: „Wir dachten, du brauchst nichts, denn du hast bereits alles was man braucht um Glücklich zu sein", das nahm ich ihnen übel. Nie merkt jemand, was ich brauche. Nie merkt jemand, was ich denke oder fühle. Es gibt wohl auf der ganzen Welt keinen Menschen, der so wenig wert ist wie ich. Ich wäre allerdings nie bereit, diese Wertlosigkeit zum schlussendlichen Ende zu bringen, indem ich dieses wertlose Leben beende. Nein, vielmehr lasse ich jeden spüren, wie wertlos er selbst ist. Nicht eine Person ist mir je begegnet, die einen Wert hätte, und doch habe ich weniger Wert. Oft frage ich mich auch, was an diesen „normalen" Menschen besonderes ist, die ihre sinnlosen und dummen Dinge tun, die sich nur um sich selbst drehen und dabei vergessen, dass es mehr Menschen gibt als nur sie selbst. Diese Arbeitstiere, diese menschlichen Kreisel, sie alle merken nicht, dass sie Richtung Abgrund gehen. Und das geschieht ihnen zu recht, denn sie sorgen dafür, dass ein Mensch nichts wert ist, der nicht arbeitet. Dabei gäbe es mehr im Leben als Kartenhäuser zu bauen, zu warten bis sie zusammenfallen und sie dann wieder aufzubauen, bis es keinen mehr gibt der sie aufbauen könnte. Die Anderen sind auch nicht besser, sie verachten Arbeit. Aber ohne Arbeit gäbe es nichts, durch dass sie leben könnten. Sie alle rennen durchs Leben, blind und taub für alles, das nicht ihrer Überzeugung oder ihrem Willen entspricht. Und meinen Hass auf sie verachten sie auch, ohne sich zu fragen, warum ich sie hasse. Niemals werde ich es ihnen sagen, denn sie würden es nicht verstehen. Diese Menschen, die nicht den gerechten Hass verstehen, die nur blind vor sich hin verabscheuen, sie werden nie verstehen, warum ich tue, was ich tun werde. Ich werde morgen beginnen mit meinem Werk, einem Werk jenseits von menschlicher Vorstellung. Morgen werden sie sich wundern, doch übermorgen wird niemand mehr da sein, der sich wundern könnte. Ich auch nicht.

Er verstand, warum er diesen Traum sehen musste, er befreite sich so von seinem Satan. Dankbar für die Loslösung dieses Stücks ungewollter Persönlichkeit, suchte er den Ausweg aus dem Traum, um zurückzukehren zu seinem Spiel. Diesmal war der Raum zwischen Realität und Traum jedoch ungenauer, erschien ihm irgendwie, als hätte er an Bestand, an Existenz verloren. Er war noch da, der Raum, aber er war nicht, was er vorher war. Er wurde weniger. Bei seinem Körper angekommen, fühlte er sich verloren, wie zerrissen zwischen Diesseits und Jenseits, zwischen Traum und Realität, zwischen Sich und allem anderen. Die nächste Fantasie kündigte sich an, und sein ihm nicht mehr gehorchender Körper begann mit dem nächsten Stück seiner Requiem, dem Rondo alla Turca. Verwundert ob der Zwischenräume, zwischen hier und dort, machte er sich auf den Weg zum Traum…

Traum 3, die Langweile:

Dieser Traum war verwirrend anders, denn er sah alles, als wäre es schon geschehen, nicht als Text oder Gedanke, sondern Erinnerung. Reale Erinnerung, aber fern von allem, was er je gesehen hatte. Er hatte nie so etwas erlebt, und doch fühlte es sich an, als wäre es ihm geschehen. Interessiert arbeitete er sich durch seine Traumerinnerung, die realer war, als die Realität.

Es war wohl eine schöne Party für alle Anwesenden. Alle bis auf mich. Es fing schon bei der Ankunft an: Mir schlug schon förmlich der Gestank des Biers entgegen, und so wie einige aussahen, waren schon Mageninhälte über den Mund nach außen befördert worden. Der Partykeller war natürlich, nach Wunsch des Gastgebers, nicht voll, sondern halb leer, er mag volle Räume nicht sehr. Aber dass er voll ist, das scheint ihm nichts auszumachen. Ich setzte mich zu einem kleinen Grüppchen von Leuten, das ich besser kannte, und versuchte mich in ihrem Gespräch zu beteiligen, was mir nicht sonderlich gelang. Das lag wohl auch an der Musik, die, staccatoartig hämmernd, fast jedes Geräusch übertönte. Auch wiederum typisch für den Gastgeber, das ist seine Art von Musik: Laut und abgehackt. Aber die Gäste schienen es zu mögen, was vielleicht daran hing, dass es alles Freunde des Gastgebers waren, bis auf mich. Wahrscheinlich war ich sogar die einzige Person, die nicht wegen des Gastgebers gekommen war, sondern um etwas zu erfahren. Erst nach einigen Minuten fiel mir überhaupt auf, dass im Licht des Stroboskops einige Menschen zu den wummernden Bässen und der wimmernden Gitarre tanzten. Eher abgeschreckt als angelockt lief ich daraufhin in Richtung Gastgeber, der natürlich inmitten der Tanzenden zu finden war. Ihn mit einem Kopfnicken begrüßend begann ich das Gespräch, wegen dem ich gekommen war: Er sei ja doch nicht wesentlich älter geworden, und klüger noch weniger, sagte ich ihm, als ich seine Kleiderwahl richtig sehen konnte: Ein rosafarbenes Hemd, über das er einen Pullunder gezogen hatte, eine gelbe Lackhose und dazu passend veilchenblaue Schuhe, die er, wie immer, halboffen trug. Ich sei ja auch nicht besser, war seine nicht ganz falsche Antwort, und warum sei ich überhaupt gekommen. Um ihn etwas zu fragen, antwortete ich mit einem leichten Grinsen, denn er wusste schon lange, weswegen ich ihn besuchen wollte. Er könne mir heute überhaupt nichts sagen, und er sei auch nicht so weit mit dem Prüfen der einzelnen Leute. Verärgert ließ ich ihn stehen, er war die letzte Hoffnung gewesen. Als ich den

17

Partykeller verlassen wollte, schrie er mir noch hinterher, ich sei ja nur ein verdammter Kontrollsüchtling, der nie auch nur ein wenig Freiheit einem seiner Mitarbeiter gönnen könne. Ohne mich umzudrehen schüttelte ich mit dem Kopf und sagte ruhig, aber selbst über den Lärm hinweg verständlich, das er weder Mitarbeiter noch Helfer sei, er wäre noch nicht einmal das kleinste Zahnrad in einer Uhr, er wäre eher die Schraube, auf die das große Uhrwerk verzichten kann. So ließ ich ihn und seine Freunde, die in meinen Augen nicht einmal diese Schraube wären, hinter mir zurück. Diese Party würde meine dröhnend stille Langeweile auch nicht beenden können.

Jetzt verstand er seine Träume, es waren die Gefühle, die er nie hatte äußern dürfen, nie auch nur hatte haben dürfen. Er durchlebte jeden Teil seiner Gefühlswelt, die selbst ihm bisher in ihrer Macht und in ihren Ausmaßen verborgen geblieben war. Nicht alles, was er sah, verstand er, aber er wusste, dass alles was er sah, zu ihm gehörte, Teil seiner Tragödie war. All diese Gefühle hatten ihn zu dem gemacht, was er nun war, ein Verlorener in einer verlorenen Welt. Der Raum zwischen Traum und Leben veränderte sich, wie er sich veränderte. Er wurde weniger, der Raum wurde weniger. Seine Existenz begann sich zu krümmen und zu schwinden, wie er erschreckt feststellte. Inmitten dieser Erkenntnis bahnte er sich den Weg zum Spiel zurück. Die Hände hatten schon mit dem nächsten Teil angefangen, was ihm bestätigte, das der kommende Traum schon im Anmarsch war. Seine Ohren hörten das Preludium und die Fuge in a moll, aber sein Gehirn war schon weit entfernt…

Traum 4, die Freude:

Diesmal stürzte er regelrecht in die Fantasie, die er selbst war. Sein Traum zog an ihm vorbei und kam dann wieder zurück. Er spürte die Erregung, die er in ihm haben würde, schon vorher, und sprang freudig in das Phantom seiner Vorstellung.

Wie ein Zug raste er durch die Strassen der Stadt. Niemand war da, der ihn aufhalten wollte, niemand hätte es gekonnt. Er war in diesem Moment eine Büffelherde, ein unaufhaltsamer Vormarsch von Massen jenseits der Vorstellung. Er fühlte die Freude der Einsamkeit in sich, die er nur durch sich allein haben konnte. Nichts war da, das ihm diese Freude abnehmen konnte. Er fühlte sich zum ersten Mal frei, frei von dem Menschlichen in ihm, das ihn stets zurückhielt. Auf einmal war die Stadt nicht mehr da, er war in einem Wald. Auch er hatte sich verändert, er war jetzt ein junges Reh, voller Lebenslust und Freude. Alle Probleme, die er einst gehabt hatte, waren nicht mehr. Er hatte sie von sich gestreift, gleichzeitig mit seiner menschlichen Gestalt. Fern der Zäune der Gesellschaft tollte er im Wald herum, nur an den Moment denkend. Im selben Augenblick stieg er zum höchsten auf, dass man sein kann, er wurde ein Stern. Er wurde sich der Zeit bewusst, die er so mit Beobachten des anderen hatte. Er freute sich für die kleinen Lebewesen, die er am Leben hielt, er freute sich für jedes kleine bisschen Wärme, das er ausstrahlte. Ihm erschien nun klar, was die höchste Freude sein kann. Nur die Freude dessen, der anderen hilft, aber auf niemanden angewiesen ist, ist die höchste Freude die man erreichen kann. Jeden kleinen Teil seiner Existenz verwendete er, um Licht zu spenden, an dem sich die lebenden Dinge erfreuen durften. Er machte eine letzte Metamorphose, die Metamorphose zum göttlichen Wesen, das im Leben steckt. Er wurde das Leben selbst. Das Leben, das aus jedem Leid eine Freud machen kann, das die Tränen zum Lachen macht und das Lachen als höchstes Gut freigiebig verschenkt. Das Verstehen dieser fröhlichen Existenz war ihm nicht mehr wichtig, er wollte nicht mehr wissen, er machte alles für das Weiterbestehen des Glücks, das man nur im Leben empfinden kann. Mit jeder Sekunde wurde das Leben in all seinen Formen und Farben schöner. Die Blumen, die er erschuf, die Insekten, die Tiere und alles andere, es war nichts Schlechtes an ihm. Nicht ein Lebewesen verspürte Leid, ohne Freud im selben Zug zu finden. Alles erkannte, dass die Existenz, das Leben, aus Freude besteht, und nicht aus kurzweiligen Problemen, die es in der Ewigkeit des Seins nicht wirklich gab. Jedes Problem war Anlass für weitere Freuden, denn alles, was gelöst wurde, erweiterte die Schönheit der Natur im selben Maß, wie es ihr vorher im Weg stand. Er gab sich auf, um für immer diese Schönheit sehen zu dürfen…

Epilog, das Ende eines Menschen:

Seine Hausangestellte fand ihn am nächsten Morgen vor seiner Orgel. Er saß in gekrümmter Haltung vor ihr, tot. Alle Dinge im Raum waren durcheinander gewirbelt, als hätte ein Tornado durch den Raum gefegt. Überall waren Notizen, die er scheinbar kurz vor seinem Tod geschrieben hatte. Und immer wieder fand man folgende Worte: "Ich bin weiter gezogen, um Schönheit zu sehen. Vergebt mir, aber mein Traum hat sich erfüllt. Erfüllt euch eure Träume. Lebt. Emanuel Luzifer Ronde."

ENNEMI À L'INTERIEUR

Er mochte es nicht, wenn sie anfingen zu laufen. Aber es konnte ihm egal sein, denn er holte sie immer ein. Und diesmal war keine Ausnahme. Gerade als seine Beute in die Seitengasse lief, sprang er ihm von hinten an die Kehle. Es bereitete ihm Freude, mit nur einem Biss das Leben dieses Unrats der Gesellschaft zu beenden, der noch nicht einmal zuckte. Er fühlte sich nur lebendig auf der Jagd. Aber wenn er sie erfolgreich beendet hatte, kam wieder dieses leere Gefühl, das ihm sagte, dass es noch mehr zu tun gibt. Plötzlich hörte er Sirenen. Er sprang hinter die Mülltonnen, um nicht im falschen Moment entdeckt zu werden. Irgendetwas sagte ihm, dass er heute nicht mehr von dort weg kommen würde...

Harald Ferguson hatte wahrlich kein einfaches Leben: Seit er als Redakteur für die New York Times arbeitete, war er zusehends vereinsamt. Anfangs kamen noch die Nachbarn zu ihm, doch das hörte nach drei Monaten auf, warum weiss er bis heute nicht. Auch plagten ihn immer wieder Migräneanfälle, während denen er nicht klar denken konnte, und kein Arzt konnte es erklären. Bisher hatte er noch nicht einmal viel zu tun gehabt, nur die Präsidentschaftswahlen und kleine Storys waren interessant genug für die Times. Selbst sein Spiegelbild sagte ihm deutlich, dass ihm das Leben in New York nicht gut tat, seine ehemals braunen Haare wurden zusehends grau, seine blauen Augen trübe und er ging immer weniger vor die Tür, was seine Gesichtsfarbe (fast Weiss) erklärte. Aber vor 2 Tagen wurde eine Leiche in einer Gasse in New York entdeckt. Sofort bekam er einen Anruf (der ihn aus dem Schlaf riss) und einen Bericht zugefaxt, in dem alle bisher relevanten Daten vermerkt waren. Er las sich den Bericht aufmerksam durch, aber in seinem Kopf blieben nur die Bilder, die er sah: Ein Mann, dessen Halsschlagader herausgebissen worden war - Grund genug für Harald, erst einmal ein Medikament gegen Übelkeit einzunehmen und sich nochmal für 20 Minuten hinzulegen. Am nächsten Tag begann er mit seinen Recherchen, die ihn zuerst zur Polizei führten. Auf dem zuständigen Präsidium der Polizei erwartete ihn aber sein Bekannter, Eugene Scott, ein Mann mittleren Alters, vielleicht 40, mit schwarzen Haaren, braunen Augen, deren Blick die meisten nicht aushielten, und stets in einem Anzug, egal zu welchem Anlass. Ohne sich lange mit Begrüßungsformalitäten aufzuhalten, ging Eugene sofort dazu über, ihn über den Fortschritt der Ermittlung zu informieren: "Seit dem Mord sind jetzt 3 Tage vergangen. Herausgefunden haben die Polizisten bisher allerdings so gut wie nichts, nur dass der Mörder ein Mensch sein muss. Weisst du schon, dass der Ermordete ein gesuchter Serienkiller war? Die vermuten, er war gerade auf dem Weg zu seinem nächsten Mord"-"Das er ein Serienmörder war, habe ich im Bericht gelesen. Die Frage ist jetzt: Wurde er von einem ehemaligen Komplizen umgebracht? Oder war es Selbstjustiz?"-"Komplizen schliessen die Polizisten hier aus, er arbeitete immer alleine."-"Also scheint es jemand zu sein, der den Mörder kannte, aber nie mit ihm gearbeitet hat. Vielleicht ein konkurrierender Killer?"-"Nein, auch eher unwahrscheinlich. Er mordete nie für Geld, sondern für seine eigene Befriedigung."-"Woher weisst du das?"-"Er saß einmal im Gefängnis, entkam allerdings bei einem Gefängnisausbruch. Damals hatte er ein Geständnis abgelegt." Mittlerweile waren sie auf der Strasse vor dem Präsidium."Ich will mir mal ein Bild von dem Tatort machen."-"Du weisst ja, wo er liegt. Ich muss jetzt wieder zurück ins Präsidium, die brauchen unbedingt meine Dienste als Dolmetscher". Also stieg Harald in seinen schwarzen Wagen. Auf der Fahrt zum Tatort fiel ihm auf, wie wenig heute los war in New York. Wo sonst an einem Frühlingssonntag, der erste richtige Sonntag mit Sonne und einem blassblauen Himmel, alle Menschen in die Parks strömten oder von ihren Wochenendausflügen zurückkamen, waren heute nicht einmal zwei Dutzend Menschen auf der Strasse, fast kein Verkehr und auch sonst schien es eher wie ein allgemeiner Trauertag zu sein, statt einem schönen Tag. Umso mehr verwunderte es ihn, dass gerade jetzt, wo kein Mensch sich regte, ein Schwarm von Vögeln über seinem Kopf hinwegflog. Er hatte schon immer ein Faible für Vögel gehabt, deswegen erkannte er sofort, dass es Raben waren. Raben, die Boten von Nachricht und Tod. Am Tatort angekommen, schaute er sich sorgfältig um, und staunte, je mehr er sah. Überall standen die Mülltonnen der Menschen, die die Reihenhäuser hier bewohnten. Aber nicht die Mülltonnen waren es, was ihn zum Staunen brachte, sondern ein kleines Amulett, das auf einer der Mülltonnen lag: Auf dem Rand des goldenen Amuletts stand, in silberner Schrift, "Memento mori". Im Zentrum des Amuletts war ein silberner Totenkopf, dessen Augen winzige Saphire waren. Er steckte es ein, um es sich später noch einmal genauer anzusehen. Sonst gab es nichts mehr, das man untersuchen müsste, also fuhr er zum nächsten Goldschmied, den er kannte. Während der Fahrt dachte er über einen Textabschnitt nach, den er vor langer Zeit einmal lesen musste:

24

Wenn der Tod kommt, geht ein Mensch mit ihm
Wenn ein Mensch geht, ist ein anderer alleine
Wenn der Mensch alleine ist, wird er zum Tier
Wenn ein Tier stirbt, reisst es alles mit, dessen es
habhaft wird
Wenn allerdings der Tod stirbt, hat er schon das
Leben vorangeschickt
  zum Hades

Er wusste nicht mehr, wer diesen Text geschrieben hatte, noch wann er ihn lesen musste. Das einzig erstaunliche war, das ihm nur dieser Teil des Textes einfiel, egal wie sehr er versuchte, sich an den Rest zu erinnern. Wieder fiel ihm die Leere der Großstadt auf, wo man eigentlich eine riesige Menschenmenge erwarten würde - aber darüber dachte er nicht weiter nach, er musste sich auf das Fahren konzentrieren. Der Goldschmied, ein Bekannter aus besseren Tagen, war zum Glück nicht verreist. Also ging Harald in seinen Laden, um das Amulett einem Experten zu zeigen. Nach kurzem Betrachten unter der Lupe meinte der Goldschmied nur, dass dieses Amulett mit Sicherheit älter als 300 Jahre sei, und mindestens 10000 US-Dollar wert wäre, vermutlich mehr. Wem dieses Amulett wohl gehört, dachte Harald beim Hinausgehen, wer es dahingelegt hatte und warum so etwas bei einem Mordopfer lag. Alles Fragen, deren Antwort er nicht kannte.

Eigentlich interessierte ihn dieser ganze Mordfall wenig, er hatte genug mit sich selbst zu tun. Ihm wäre es recht gewesen, wenn jemand anders das übernommen hätte, aber leider war er derjenige, der sich vor Jahren einmal für den Redakteursposten im Schlagzeilenbereich gemeldet hatte. Warum hatte er sich überhaupt für diesen entschieden? Das wusste er selbst auch nicht mehr, der Grund war verblasst nachdem er die Wirklichkeit gesehen hatte. Jetzt zählte für ihn nur noch eines, das Erleben des Abends, um den nächsten Tag mit ansehen zu können. Die Abende in der Stadt waren für ihn immer fast wie eine Befreiung, wenn er nicht zuhause sitzen musste, sondern durch die hellerleuchteten Strassen spazieren konnte. Sein Lieblingsort war der Broadway, wenn die Menschen um ihn herum voller Hektik rasten, während er den Ruhepol bildete, den einen Menschen, der sich nicht hetzte und sein Tempo lief. Manchmal kam es ihm so vor, als ob er nicht zu diesen betriebsamen Menschen gehörte, sondern einer ganz anderen Art entsprungen ist, die dem Menschen nur äußerlich ähnlich sieht. Solche Gedanken verwarf er aber immer schnell, weil sie ihn nur in eine pessimistische Stimmung brachten. Pessimistisch, oder doch eher depressiv? Auch das war ihm zu viel, denn er hätte sich selbst zu viele Fragen stellen müssen, um es herauszufinden.

18:00 Uhr, Redaktionsschluss für Harald. Endlich konnte er gehen, einfach nur gehen. Ohne Ziel, ohne Uhr und ohne Handy. Losgelöst von den Problemen der anderen, auch von seinen so weit entfernt wie möglich. Aus dem Gehen wurde ein Joggen, ein Rennen. Er rannte. Er rannte für sich, für sich und auch gegen sich. Je schneller er rannte, desto mehr wurde ihm klar, dass er nie weit genug kommen würde, er trug seinen Feind in sich. Aber er vergaß es, wie immer wenn er rannte.

Nichts und alles kam ihm in den Sinn, als er am nächsten

Morgen aufwachte. Er konnte sich nur daran erinnern, dass er noch über das Amulett nachdachte. Das Amulett, Zeichen, Symbol oder einfach nur ein Schmuckstück. Auch bei erneuter Untersuchung desselben fiel ihm nichts aussergewöhnliches daran auf, und doch hatte er ein Gefühl, das ihm sagte, dass hinter dem Amulett mehr steckte. Irgendwo in seinen Hinterkopf kam es ihm auch bekannt vor, ohne dass er es einordnen konnte. Es fiel ihm aber ein, dass er zu einer Freundin musste, denn er hatte vor kurzem einen Streit mit dem Chefredakteur gehabt und wollte nun einige Berichte holen, die er noch abzugeben hatte. Außer der Party stand nichts Wichtiges für ihn an, er musste für den neuen Fall erst auf die Erlaubnis der Polizei warten, bis er selbst recherchieren durfte.

„Hast du die Blätter noch?" „Natürlich Harald, was denkst du denn?" „In letzter Zeit einiges…" „Was soll das denn heissen?" „Naja, seit dem Streit mit dem Chef überlege ich, was ich denn falsch gemacht haben soll" „Was hat er dir denn gesagt?" „Er meinte, er hätte Informationen über mich, die ihn ganz schwer nachdenken lassen, mich weiterhin zu beschäftigen" „Du kennst ihn doch, er sagt viel" „Ja, aber diesmal wirkte es irgendwie anders, irgendwie, als ob er Angst vor dem hätte, was er erfahren hat" „Das interessiert mich jetzt aber!" „Mich auch, nur weiss ich nicht woher er etwas erfahren hat, das ihn so erschreckt" „Warte mal…" Sie ging in den Nebenraum, um ein Blatt zu holen. „Da, vielleicht hat es was damit zu tun:" Er nimmt das Blatt und liest kurz. Erschrocken legt er es aus der Hand. „Wenn es was damit zu tun hat, dann…" „Was hast du jetzt vor?" „Nichts. Ich werde wieder nach hause gehen,

und mich um den Bürokram kümmern" „Viel Spaß"
Harald ging die Tür hinaus, drehte sich auf der Schwelle
aber noch einmal um und schaute sich um, als ob er
etwas suchte. Dann ging er abrupt weiter. Immer
schneller. Vor seinen Augen verschwamm die Welt und
wurde dann wieder klar. Nichts erschien ihm so, wie es
war. Die Autos wurden langsamer, so als ob er immer
schneller würde. Die Menschen um ihn herum waren nur
mehr Schemen, Schatten in einer Welt aus Licht. Überall
waren Flecken in seiner Sicht. Er schaute an sich herab.
Er trug das Amulett. Das Amulett, das er gefunden hatte.
Er fragte sich, wie es an seinen Hals gekommen war.
Keine Erinnerung sagte ihm, dass er es angezogen hätte.
Langsam wurde die Umgebung wieder normal, aber er
fühlte sich zunehmend schwächer. Als ob ihm jemand
Betäubungsmittel gegeben hätte. Aber er hatte nichts
gegessen und nichts getrunken, und gespritzt hatte ihm
auch niemand etwas. Wahrscheinlich war es nur seine
Müdigkeit. Er setzte sich auf eine Parkbank, um kurz
auszuruhen.

Einmal mehr wunderte Harald sich über sich selbst, er
war mal wieder aufgewacht ohne zu wissen was passiert
war, wie er nach Hause gekommen war lag genauso im
dunklem Nebel seiner Erinnerung. Nimmermehr würde
er sich erinnern, nimmermehr würde er sich erinnern
wollen. Er lief zu seinem Schrank voller Rum und
betrank sich ohne Sinn, den er längst verloren hatte, und
ohne Verstand, der ihn nur quälte.

Er war wieder auf Jagd. Auf der Jagd nach seinem letzten
Mörder, dem letzten der ihn in diese verfluchte Lage
gebracht hatte. Heute würde er seine Schuld begleichen

können, die er sich selbst aufgeladen hatte, vor 10 Jahren. Vor ihm lief er, dieser kleine Brocken Dreck. Noch wusste er nichts von seinem Jäger, aber er rannte schon wie der Wolf, der alleine nichts ausrichten kann und einem Bären gegenübersteht. Diesmal zog der Wolf den Kürzeren, ohne je etwas davon mitbekommen zu haben: Mit einem Schlag seiner Handkante brach der Jäger dem Gejagten das Genick. Das Knacken der Wirbel ging übergangslos in das Knacken von Zweigen, die von Autoreifen gebrochen werden. Die Polizei verfolgte ihn also. Bisher war er ihnen immer entkommen, er würde es auch heute schaffen.

Harald erwachte mit einem Schlag, er rannte. Er rannte, und wusste weder warum noch wohin.
Doch das Warum klärte sich schnell, er rannte weg. Er hörte hinter sich die Polizei. Wohin wurde ihm auch sofort klar: Er rannte zur Fähre nach Liberty Island.

Knapp vor den Polizisten, es waren 5, kam er auf die Fähre. Zum Glück für ihn fuhr sie los, bevor seine Häscher auf das Boot konnten. Er wusste warum er zur Freiheitsstatue wollte.

Harald stieg aus der Fähre aus und lief, schneller als vorher, in Richtung der Freiheitsstatue.
Nur noch der Aufstieg.

Sie waren knapp hinter ihm. Noch war er ausserhalb ihrer Reichweite, aber es würde nicht mehr lange sein. Glücklicherweise erforderte sein Plan nicht, dass er lange vor ihnen weglief. Das letzte Stockwerk nahm er ohne Gedanken an das Gestern, nur an das Morgen. Die

Aussicht bemerkte er nicht einmal mehr.

Das Amulett baumelte von seinem Hals und strahlte in der untergehenden Abendsonne in Rot- und Orangetönen voller Kraft.

Er sah ohne Furcht von der Krone der Freiheitsstatue herunter, drehte sich um zu seinen Verfolgern und sprang. Dabei fiel ihm auf, dass das Gefühl verschwunden war, das ihn nun seit 10 Jahren plagte. Er wusste, dass er seine Schuld mit dieser Welt beglichen hatte, und sah dem Tod nun nicht mehr mit Schrecken entgegen. Der Tod nahm ihn in seine sanften Arme und trug ihn hinab in die Schwärze.

ALLTAGSGESCHICHTE

Manchmal passieren einem Dinge, die man nicht für normal hält. Dabei ist doch schon der Alltag ein Abenteuer, ihn zu überstehen ist oftmals mit mehr Disziplin verbunden. Schon wenn man die überall kursierenden Witze über Ehepaare und deren ganz normale Probleme liest, fragt man sich, was Menschen überhaupt dazu bringt, zu heiraten. Die Antwort ist natürlich ganz einfach: Idealismus, gepaart mit einem gehörigen Schuss Liebesblindheit. Oder, was noch interessanter ist, es ist eine Zweckehe, die nur hält, solange der Zweck noch besteht. Folgendes passiert, wenn man den Erzählern solcher Geschichten Glauben schenkt, Tag für Tag in einer deutschen Ehe:

Beide sitzen vor dem Fernseher

Er: Schatz, bitte reich mir mal das Bier!

Sie: Nein, du hast heute schon vier Flaschen gehabt!

Er: Mann, mach!

Sie: Nein!

Er: Und was passiert wenn ich mir selbst eines holen würde?

Sie: Das weißt du ganz genau: Sexentzug!

Er: Okay, okay, ich mach ja schon nichts mehr.

5 Minuten später dann der Streit um das abendliche Fernsehprogramm.

Ist dieser Alltag erstrebenswert?

Nein. Deswegen, bitte, achten sie darauf, niemals zu so Menschen zu werden. Lassen sie die Sprüche Sprüche sein, es ist egal, solange ihre Ehe harmonisch ist, und erhalten sie sich ihre Liebesblindheit.

EIN BESUCH IM PUB

Er ging zu Tante Audrey's, seinem Lieblingspub. Mitten in der Stadt. Klein, verraucht. Aber gutes Guinness. Am besten frisch, aus Irland. Soviel Geld hatte er nur fast nie. Er mochte Guinnes.

Sie hasste Guinness, aber Tante Audrey machte guten Irish Stew. Leider wollte sie ihr das Rezept nicht geben, aber irgendwann würde sie es schon bekommen.

Auf der Türschwelle hielt er an. Er sah sie, diese fette Frau, die ihn anstarrte, nur aus den Augenwinkeln. Zum Tresen wankend, stammelte er die Reste eines beliebten Schlagers, die ihm noch einfielen.

Oh mein Gott, jetzt singt er, dieser Proll, und dabei sieht er auch noch aus wie vollgekotzt.

Jetzt bemerkte er die Blonde. Was hat dieses Glubschauge denn?

Owei, er kommt in meine Richtung!

O nein, sie bleibt sitzen!

Hallo Manfred!

Das Spiel mit dem Tod

Als der Tod an meine Tür klopfte, war ich keineswegs überrascht. Schliesslich hatte ich ihn schon oft gesehen, beim Tod meiner Eltern, beim Tod meiner Frau. Jedesmal spielte ich mit ihm, jedesmal verlor ich. Diesmal war er jedoch nicht hier, um jemandem mitzunehmen, der mir wichtig war. Diesmal war er hier um mich zu holen. Weil ich aber einer seiner besten Freunde war, bot er mir an, ein letztes Spiel zu spielen. Sollte ich gewinnen, dürfte ich weiterleben, sollte ich verlieren, würde ich mit ihm gehen. Ich nahm das Angebot an.

Wir entschieden uns für mein Lieblingsspiel. Die ersten Runden gingen recht gut für den Tod, ich ließ mir ein wenig Zeit, da es nicht um Geschwindigkeit, sondern um Vorbereitung ging, was der Tod nie ganz verstanden hatte. Nach einiger Zeit sagte er zu mir etwas, das mich verwunderte: „Eigentlich will ich dich nicht mitnehmen, aber ich bin leider vertraglich daran gebunden. Am liebsten wäre mir, ich würde verlieren." Ich war so überrascht von dieser Aussage, das ich eine Stellung übersah, die mir den Sieg garantiert hätte. Statt dessen spielte ich einen ungeschickten Zug, der dem Tod eine Übermacht auf dem Spielfeld gab. Da kam mir ein Gedanke. „Sag mal, Tod, wie wäre es wenn du verlierst?" „Das darf ich nicht. Ehrlich gesagt, ich glaube es wäre angenehmer für dich, nicht zu gewinnen", seufzte er und strich sich durch seine roten Haare. „Warum?" „Weil der Vertrag besagt, dass derjenige, der den Tod überlistet, den Tod ablöst. Wenn ein neuer Tod entsteht, entsteht auch eine Pandemie, der viele Menschen zum Opfer fallen. Rate mal wann ich zum Tod wurde…" „Die Pest?" „Ja. Damals bin ich dem vorherigen Tod begegnet, er war ganz nett. Er bot mir an, um das Leben einer Frau zu spielen, und ich Dummkopf nahm an. Naja, du siehst ja was passierte" „Und warum bietest du es dann anderen an? Warum spielt der Tod?" „Weil wir kein Tod sein wollen. Es muss aber immer ein Tod auf der Welt sein, denn ohne Tod würde die Welt wirklich in Chaos versinken." „Und warum sollte jemand annehmen wollen?" „Du bist der erste Mensch, dem es davor gesagt wird. Ich weiss, das du die richtige Entscheidung treffen kannst, aber es ist eine schwierige Sache." Ich erbat mir eine kurze Bedenkzeit. Entweder ich würde sterben, oder mehr Menschen als ich mir vorstellen könnte. Aber der Tod war in seiner Aufgabe gefangen und konnte nicht wählen. Er wollte es beenden , er hatte mir die Chance gegeben, selbst zu entscheiden. Es gab keinen anderen Weg. Ich entschied mich für… naja, du solltest es ja sehen, schliesslich stehe ich vor dir. Ich gebe dir die Chance zu entscheiden, und deine Entscheidung werde ich respektieren. Nur lass dir eins gesagt sein: eine Ewigkeit ist nicht schön, wenn man jeden beim Sterben begleitet, den man liebt.

Teil 2: Gedichte
Gefühle und Gefühltes

Gefühle

Zuhause, mit Freunden. Nie alleine. Immer fröhlich, unbesorgt. Eine LP liegt auf dem Plattenspieler. Die Musik ist laut. Gewohnte Einsamkeit. Oft gespielte Geselligkeit. Alkohol und Drogen. LSD, Koks. Wieder. Ich gehe. Weg von hier. Zu ihr hin. Hoffnung. Vertrautheit. Lebendigkeit. Die Zeit vergeht. Ein Spaziergang zu zweit. Felder, ein Wald. Blaue Augen. Rote Lippen. Schönheit ist…

Fremde

Graue Wolken, Grauer Himmel
Grelle Sonne und grelle Menschen
verwirrend fröhlich
stehen sie und gehen sie
um mich herum.

Links, rechts, oben
egal wo, es ist nicht richtig
nicht gut
immer anders als ich
es will.

Sonnenuntergang
jetzt ist er da
rot und wahr
und spiegelt viel
das keiner sieht.

Waiting for you

Before I knew you,i was running around
Knowing nothing
except myself
never living
But then you came in my life
and now i feel like on fire

I mustn´t fall in emotional darkness
i would get mad
misunderstood
misunderstanding
its good that i feel the way i feel
even if it nearly hurts me

waiting for you

Time

Time is not my friend
all i can do
is waiting here

Time is not my friend
just trembling here
i get mad

Time is not my friend
im every day sitting here
so lonely

Time is now my friend
you are here
just here by my side

End of Bells

I had a thought
i had a vision
of a green land
of a bright life
living without thinking
living without dreaming
alive to live

But now
I live to kill
I live to kill
I live to kill
I live to die

The End of Bells
like a silence
silence for a day
never dreamed of
living for today
never thought of
i didnt want it

But now
I live to kill
I live to kill
I live to kill
I live to die

Liebe?

Ja, ich liebe sie!, denke ich oft,
wenn sie vor mir steht,
mit mir redet,
mir tief in die Augen sieht,
und beginnt zu schweigen.

Ja, ich liebe sie!, denke ich manchmal,
wenn sie vor mir steht,
mich anschweigt,
an mir vorbeisieht,
und anfängt zu reden.

Ja, ich liebte sie!, das ist das Jetzt,
denn nun ist sie nicht mehr hier,
weder Schweigen noch Reden erfüllt den Raum,
und ihr Blick ist blind für mein Herz.

Ein Hauch von…

Das Gefühl, das du in mir wecktest, es war unbegreiflich
und unfassbar schön.
Dieses Gefühl wollte ich für immer behalten, für immer
bewahren und
Es wie eine seltene Pflanze schützen.
Aber nichts ist daraus geworden, da du das Gefühl mir
wegnahmst,
so schnell wie du es mir gabst.
Deine Kälte hat mich kalt gemacht, deine Ferne ließ auch
mich in die Ferne ziehen.
Nun ist dieses Gefühl tot und für immer gefangen in
einem Block aus Eis.

Nie wird dieses Gefühl von selbst wieder wach werden
von seinem Schneewittschenschlaf, es wird nie das Licht
der Welt erblicken.

Schwärze

Eine tiefe Traurigkeit
weit wie das Meer
schwarz wie das All
unberührt durch Menschen

Alle denken
während sie fühlt
niemand ist leise
sie schweigt

Balsam der Trauer
geschlossenes Herz
geöffnete Augen
Erkenntnis

Lebendig
geht sie
fern von ihm
in ihr Vergessen

Ich

Alle sehen mich
Jeder kennt mich
Keiner weiss jedoch
Wer bin ich?

Keiner sieht es
Niemand schaut es
Ich frage mich
Will ich es?

Ich bin
Was kann ich sein?
Wo bin ich?
Warum bin ich?

Ich suche
Nach mir
Ich habe mich verloren
Irgendwo hier im Gewimmel

Wahrscheinlich war
Es ein Traum
Ich bin
Zurück.

Vergessen

Ich weiss es,
da war etwas
an das ich mich
erinnern sollte.

Heute morgen,
jeder sagte es
immer wieder
jetzt ist es weg.

Warum ist es weg?;
Komischerweise
Scheint es mir
Als ob ich es noch wüsste.

Irgendwo hier im Kopf
Sollte es sein
Aber wo?
Egal, es fällt mir schon ein.

Jetzt kommt es mir
Es ging darum
Das ich mich
Erinnern sollte.

SU-4

Ein Knallen und Zischen
überall
liegt jemand
blutend

Explosionen im Himmel
laut
schreien sie
sterbend

Zu viele kamen
schnell
schiessen sie
lebend

Beinahe überwältigt
aufrecht
stehen wir
lachend

Nur noch lachend
gekrümmt
gehen wir
denkend

Zuhause gibt es kein
Verständnis
alles ist verrückt
werdend.

Sternenhimmel

Oben sehe ich die Sterne
droben weit entfernt
so weit wie man nicht denkt
so unbeschreiblich hell

Dort möchte ich hin
Orte ferner Welten sehen
alleine stehen
frei sein

Freiheit der Sterne
Freude durch das Sehen
von Dingen unglaublichen Alters
von den Bildern

Große Gemälde
große Kunst
unerreichbar im Leben
unerfüllbarer Wunsch

Trotzdem denke ich an sie
trotz der Aussichtslosigkeit
besuche ich sie in Träumen
versuche ich wegzukommen.

Fernsehprediger

Kommt und seht die Herrlichkeit Gottes!
Was erzählt der da?
Schauet die Allmächtigkeit!
Was will der von mir?

Gott liebt euch alle!
Wer ist dieser Gott, von dem er redet?
Befolgt seine Gebote!
Ich soll also unmündig werden?

Menschen, seid bereit für seine Ankunft!
Und wann kommt er?
Er wird die Welt reinigen!
Also ist er sowas wie ne Putzfrau oder wie?

Seht die Wunder, die er vollbrachte!
Welches Wunder?
Erkennt die Göttlichkeit in euch!
Und warum sollte ich?

Gebt mir euer Geld, um eure Sünden zu begleichen!
Ach, das willst du.
Hört auf mich, die Stimme Gottes!
Ist ja gut, die Männer mit der Jacke kommen schon.

Brüder und Schwestern, die Welt gehört euch!
Wer hat sie uns gegeben?
Erobert sie zurück von den Ungläubigen!
Schwachsinn, du Irrer.

Warum hört ihr nicht?
Weil du verrückt bist.

3. Teil: Was sonst nicht passte
Anhang

Das vorliegende Buch habe ich in ungefähr 12 Stunden gemacht, Pausen nicht mitgezählt. Der Sinn des Buches ist recht einfach erklärt: Ich wollte meine schriftstellerischen Ergüsse sammeln, um sie vielleicht bestimmten Personen in meinem Leben besser darstellen zu können, vielleicht mein Leben erklären mit Hilfe meiner Schreiberei. Für Kritik oder Lob bitte eine E-Mail mit Angabe der Kritikpunkte oder guten Stellen an hkosmol@gmx.de.

Dankeschön für das Lesen dieses jugendlichen Schwachsinns.

Ende der
Fahnen-
stange,
Finito.

Hier gehts nicht mehr weiter.